もこもこ雲

中西 吾郎
Goro Nakanishi

文芸社

もこもこ雲☁もくじ

もこもこ雲

もこもこ雲

大空の　大空の中に
やさしくて　やさしい
雲が浮かんでいる
大きいのと小さいのが浮かんでいる
だれもがその形に
思いをよせて
見ている　きっと見ている
それはね　それはきっと
自分の心の中のこと

人間は選びながら
選びながら生きているから
大空の中
浮かぶ雲
晴れやかな時に
そっと　そっと
みんなが語っている
生きている言葉《いのち》達がある

糸でんわ　～一本の赤い糸～

こどもの頃に
作ったよね！
紙コップと糸で
もしもし？　なんて言って
その後の言葉はなく
ただ声が伝わることに
ワクワク　していた
離れた場所へ
小さな声で届ける

糸を伝わりながら
耳に当て　受け止める
子供時代……
今は携帯電話で
いつでも　どこでも
送られたメール
いたるところに　電波線
紅絲線が見つからない

初恋の転校生　～ボクがなるなんて……～

国語の授業に
本読みに当てられ
朗読するキミの声
とても　やさしくて……
ボクは酔いしれて
体育の授業に
遠くまで響く
号令したキミの指揮《こえ》
とても　凛々しくて……

ボクは酔いしれる
音楽の授業に
生まれるメロディー
笛を吹くキミの音《こえ》
とても　切なくて……
ボクは酔いしれた
最後の登校日で
最後《おわり》の学校と授業

二度寝　～ニヒルな夢見ごこち～

ゆっくり　目覚めて
また　ねむる
ゆっくり　目覚めて
そのまま　ねむる
なにも　気付かなかった　ように
なにも　なかったかの　ように
ゆっくり　目覚めて
そっと　ねむる
ゆっくり　目覚めて

しっとり　ねむる
なにも　見えなかった　ように
なにも　おぼえなかった　ように
ゆっくり　目覚めて
ちょっとだけ　ねむる
ゆっくり　目覚めて
ねむり　ゆく
もう　夢の中

朧夜の中で……　〜365日を重ねて〜

一日　一日
今日の日を
どう　生きているの？
昨日のことを考えて……
なにがあったのだろう
明日のことを思って……
なにをしたのだろう
今日のことが……
わからない

たった　一日が
消えて……ゆく
一日……一日……
一年間の中で……
ただ　ひとつだけ
覚えていることは
誰かのために
生きている

Secondo《セコンド》 me《ミー》… ～patron《パトロン》～

どんなことよりも
ほしいものがある
どんなものよりも
ほしいことがある
なによりも
　大事なもの
なによりも
　大切なもの
どんなことよりも

伝えたいものがある
どんなものよりも
伝えたいことがある
こんなにも
大事なこと
こんなにも
大切なこと

愛

サクラ

美しい花が
再び咲き
四季《きせつ》の始まり
ここから
また　スタート
きれいな花を
みんなに届けます
強い風流《かぜ》
吹かないで……

強い雨量《あめ》
降らないで……
やさしい
そよかぜで
あたたかく
包み込んでね
りっぱに開花《さき》続け
りっぱに散っていきます

子供は大人に負けない　～なにもわからなくても～

悲しみを生み
苦しみを背負うのは
なぜ？　なぜなの……
寂しさを生み
切なさを味わうのは
なぜ？　なぜなの……
人間《ひと》は生まれ
命の重さを知るのと
同じ？　同じことなの……

人間《ひと》は死に
命の尊さを得るのと
同じ？　同じことなの……
ひとつ　ひとつを生みだし
ひとつ　ひとつを消し去る
そんな中でも
すべての希望は
未来へと向う

出会い　～求めるから～

この場所へ
来るのはなぜ？
何度も訪れて
だれかが来るのを
ずっと　ずっと　待っている
太陽を見つめ
流れる雲を追う
僕の瞳
この場所で

待つのはなぜ？
時間《とき》も忘れて
だれかが現れるのを
きっと　きっと　待っている
月を見つめ
輝く星を捜す
僕の瞳
この　場所　だから

螺旋階段　～まわり続けて……～

昇る　昇る
上へ　上へと
進む　進む
前へ　前へと
僕の行く所は
もう　決まっている
まだ昇り　まだ昇る
さらに上へ　さらに上へと
突き進み　突き進む

もっと前へ　もっと前へと
僕の着く所は
すでに　決まっている
上昇しながら
前進しながら
命のある所
やがて行く
生命の場所

愛　～一途の気持ち～

真夜中に孤独《ひとり》で
部屋の明りを消したら
なにか思い付くだろうか
手紙に書く内容《おもい》
きれいな言葉が
やさしい文字が
思い出せるだろうか
暗闇の中で……
いつも手慣れた

携帯電話のメール
すぐに返事できるけど
今は……
真夜中に孤独《ひとり》きり
部屋の明りを消して
思い浮かんでくる
僕の心にいる
君が離れられない

鍵穴

どんな言葉で
キミに
伝わるのだろうか？
どんな行動で
キミに
わかってもらえるのか？
こんなにも
愛しくて
こんなにも

切ないのに
キミのための
言葉《スキ》でも
キミのための
行動《キス》でも
キミの
こころのカケラが
見つからない

消しゴム

何もいらない　何もいらないと
言わんばかりに　生きている
しっかりと　生きている
嬉しさも　我慢して
身を磨く
楽しさも　忘れて
身を削る
何もいらない　何もいらないと
言わんばかりに　生きのびている

みごとに　生きのびている
優しさも　受け入れず
身を磨き
愛も　わからず
身を削り
やがて　小さくなり
消えて行く
最後は星屑になりたい

時間と空間

時計だけが
僕の心を知る
秒針はチクチクと
やさしくて　やさしい
和やかさをくれる
長針はテクテクと
あたたかくて　あたたかい
落ち着きをくれる
短針はドシドシと

つよくて　つよい
勇気をくれる
静かな時計
僕の心に響く
時計の音だけが
僕の心に入る
時計の風化が
僕の心を刻む

旅　～どこまでも続く～

ボクの体に
傷跡がある
この傷跡は
とても大切な
消えない思い出
玄関の所に
足跡がある
その足跡と
傷跡は同じ

ちいさな思い出
キミの心に
傷跡がある
この傷跡と
足跡は同じ
にじむ思い出
いろんな場所に
足跡だけが残る

ローソクの火を消して……

夢の中でいる時は
わがままだっていい……
夢の中でいたから……
夢の中でいる時でも
なにもかわらない……
夢の中であるから……
目が覚めた時は
なにもいらない……
目が覚めたら見えるから……

目が覚めた時でも
もとめたりしない……
目が覚めたりするから……
夢をそのままで
夢を愛する
目覚めをそのままで
目覚めを愛する
あきらめきれないのが
愛だから……

放浪　～若き旅人の思春期～

ここじゃない　どこかへ行き
また　ここじゃない　どこかへ行く
つぎから　つぎへと
汽車にゆられながら
人間《ひと》と出会い
自然と出会い
町村《まち》と出会う
つぎから　つぎへと
汽車にゆられながら

ここじゃない　どこかへ行き
また　ここじゃない　どこかへ行く
つぎから　つぎへと
人間《ひと》を残し
自然を残し
町村《まち》を残し
ここじゃない　どこかで物語り
ここじゃない　どこかで生きて行く

大人へ　～少しずつなればいい～

壊れないで
シャボン玉
そのまま
そのままで
壊れて消えないで
ちいさな
シャボン玉
ゆっくり
ゆっくりと

浮かび続けて
空気の中を……
風に紛れて
まだ
まだだから
青い空に行くまで
シャボン玉
おおきくなって
雲となれ
はじけた時に
雨となれ

とどくかな?

ジャンプして
ジャンプして
棚の上の物を取る
ジャンプして
ジャンプして
壁の向う側を見る
ジャンプして
ジャンプして
果実に手を伸ばす

ジャンプして
ジャンプして
高い所に手を掛ける
ジャンプして
ジャンプして
引っ掛かったものを落す
ジャンプして
ジャンプする

時が過てば……

こんなに　好きで
こんなに　愛されて
でも　二人になれない
一人の夜には
涙を流していて
輝く星の雫に
星座を捜す
いまだに　好きで
いまだに　愛されて

まだ　二人になれない
一人の夜には
涙を流してから
輝く月の下で
月光を浴びる
好きで　涙を流し
愛されて　涙を流し
涙はやがて　雪となる

明日《あした》

大きな花の小さな蕾に
あなたの心がある
小さな花の大きな蕾に
わたしの心がある
大きな蕾を壊さないで
小さな蕾を潰さないで
大切な大事な人間《ひと》
見つけたならば
素直に伝えてあげて

大きな花は大空に向かって咲く
小さな花は太陽に向かって咲く
どんな事でも　負けないで
あなたはあなたのままでいて
太陽様《おひさま》が照らしてくれるように
その光で輝く月となる
大きな蕾から小さな花となる
小さな蕾から大きな花となる

笑顔の中に　～大切な気持ちを隠して～

負けないで
どんなに辛くても
自分を責めないで
繰り返す言葉は
『ごめんなさい』なんて
もう　どうでもいい
だから
泣かないで……
あなたの気持ち

しっかりと
受け止めているから
負けちゃダメ
人間《ひと》が壊れる程
苦しいことはないから
あなたらしく
繰り返すなら
『元気』だよね!

言葉にならない

愛は永遠で
愛は永遠の喜び
愛は永遠の悲しみ
生まれて
生きる
愛は真実で
愛は真実の幻
愛は真実の未来
生きて

生きつづける
命は……
生まれ……
思いは……
生き……
愛
それは
限りない力

花束　～ささやかな命に～

どれだけの
時間の中で
人間《ひと》は
なにを学び
なにを感じ
生きるのだろうか？
大切な生活の中で
たくさんの
人間は

なにを信じ
なにを愛し
生きたのだろうか？
失われた時間
失った日々
失した生活
ちいさな希望《とき》の中に
すばらしい奇跡《いのち》がある

りんご

オレは
こいつがここの正面だと思う
オレと目があっている
こいつは　動かない
こいつは　襲ってこない
だからオレは
右へ回る　一八〇度回る
こいつの後ろだ
なんてつややかなんだ

食べたくなるほど
でもオレは
また右へ回る　一八〇度回る
正面へもどり
目があってから
オレは問う
おまえ！
うまいのか？

生命　～限られた瞬間～

いのち
いのちがね
やわらかい
あたたかい
いのち
いのちがね
ながい
みじかい
いのち

いのちがね
つよい
よわい
いのち
いのちがね
あるがままの
やさしい
いのちがある

生き方　～輝きの中～

笑ってさ
遊んでさ
楽しく生きても
いいんだ
でもね
ときには
苦しんでさ
悩んでさ
辛く生きても

いいんだ
そしてね
これから
冷静でさ
情熱でさ
激しく生きても
いいんだ
人生というものは

寂しがりやのハンガー　～リサイクルは出来ない～

帰って来たら
必ず　上着を脱ぐのに
イスのせもたれや
その辺に置いたまま……
すぐに　テレビをつけ
すぐに　トイレに行き
すぐに……
掛けられたシャツも
次第になくなり

山積みのまま……
すぐに　ゴハンを食べ
すぐに　お風呂に入り
すぐに……
そのままの　壊れたハンガー
戻って来たら
だれが　するの……
ゴメンね　私はもうゴミ箱

気持ちと心

鏡の前に立つ自分
鏡の中にいる分身《じぶん》
笑えば　笑う
微笑めば　微笑む
怒れば　怒る
鏡の前の自分は本者《ほんもの》
鏡の中の分身《じぶん》は偽者《にせもの》
瞳を閉じれば……
見つめ合えば……

見つめ合える……
鏡の前の自分に問い
鏡の中の分身《じぶん》に問う
呼びかければ……
耳を傾ければ……
なにか聞こえる……
鏡の前の自分は虚偽
鏡の中の分身《じぶん》は真実

動揺　～花のささやき～

苦しいよね
悲しいよね
愛がわからない……
泣きたくて
叫びたくて
どうにもならない……
愛は感じるんだよね
見えないものだから
愛はちいさいんだよね

とても臆病だから
ひとりぼっちで……
苦しくて
悲しくて
あなたを見つけ
泣いたよね
叫んだよね
愛をつかむために

すべての出会い

生きている
生きているから
どんなものでも
生きていて
生きのびている
すべてのものが
苦しみ　悩んで
生きている
生きているから

いろんな人間を愛して
生きていて
生きつづけている
すべての愛が
虚しく　切なく
生きていることが
人生の糧になる
進む道は命が生きる

まだ　まだ

大きな木
やっと　ここまでになった
大きな　大きな木
りっぱでも
なお　生きている
まだ　生きている
いくつもの葉をおとし
いくつもの芽をつけて
優雅に立つ

大きな木
どこまでも
どこまでも　大きくなって
やさしくなれ
あたたかくなれ
小さな木から
大きな木へ
もっと　もっと大きくなる

近くで自然が……

ゆっくりと　ゆっくりと
舞い降りる　雨の雫達
やわらかく　しずかに
浸透する賛歌の雫達
そっと　そっと
花びらに足を着け
ぽつぽつ　ぽたぽた
水玉の多重唱
きらきらと　きらきらと

降り注ぐ　光の粒子達
あたたかく　しっかりと
合成する詞花の粒子達
たくさん　たくさん
葉々《はは》にへばりつき
さわさわ　そわそわ
色素の多重奏
自然も生きている

白いチューリップ

時を忘れて
見えるもの
すべてを見失って
あなたの中に
なにが残りますか？
時間を失い
見えないもの
すべてを忘れて
あなたの前に

なにが現れますか？
こころが
壊れていても
傷ついていても
生きている限り
こころは忘れないから
こころは失われないから
一瞬は永遠に続く

佇《たたず》み　～振り返る事が出来ない～

僕の体を覆う
やわらかな
つめたい雪
しずかに
降りゆき
そっと　そっと
消えゆく
たくさんの
ちいさな　ちいさな

思い
あたたかい
僕の体で
ひとつ　ひとつ
ゆっくりと
消えた
冬の夜空から
舞い降りる小雪達《ゆきたち》

時の砂　～愛の結晶～

いくつもの　いくつもの
ちいさなカケラに
思いが込めてある
消えないものだから
こころの整理をして……
また　よみがえらせる
落ちゆく砂～時計
大切な大事な宝石《ほうせき》を
空間に保っている

愛はどこにでもあるから
時の流れを刻むもの
愛した人間《ひと》を宝石《かけら》に
愛してくれた人間《ひと》を宝石《かけら》にして
ひとつぶ　ひとつぶが
ずっと生きている
人間《ひと》はたくさんのなにかを
宝石《かたち》にして生きるもの

天使の愛蔵

きずついても
失わないと　思っていた
きずついたから
なにかを知る　ことができた
恋であること
きずついて
気持ちを　つかんだ
きずつき
見えた　やさしさ

愛であること
どんなに　きずついても
これだけ　きずついたから
恋を信じて……
これだけ　きずついて
どんなに　きずつき
愛を信じて……
きずだらけでも愛はある

感謝

笑わないよ
どんなことでも
たとえそれが
ちっぽけなことでも
ボクね！
そんなキミが
すばらしいと思うよ
みんなが
できることだとしても

だれもが
やっていることじゃないから
手をあげて
横断歩道をわたる
出会う人間《ひと》に
あいさつをする
笑ってないよ
笑顔でありがとう

勇気よ強くなれ！

君が僕にくれた
ちいさな笑顔
どこか悲しい瞳
でも　力強かった……
あの瞬間に
たくさんの思いが
静かで激しい激流のよう
人間《ひと》は出会い　別れる
僕は常にそんな所にいる

君と　出会い
君と　別れた
わずかな日々に
僕の思いは深まる
君が僕にくれた
ちいさな勇気
君の両手があたたかく
最後にあたたかく
僕の肩をたたいた……

愛　～ちいさな天使達～

君の好きな花
たくさんある所
見つけたんだ
今度いっしょに行こうね
そこで僕は隠れるから
さがしだしてね
いくつか咲いているけど
蕾ばかりだよ
その中にいるから

小さい蕾は
とてもかわいく
大きな蕾は
しっとりきれいに
花を咲かせる時
待っているから
僕はここだよ
名前を呼んで『み～つけた！』

ともだち

ボクの記憶の中
思い出があるよ
かわいいヒヨコ
見つけたよ夜見世で……
飛べないスズメの子
走りまわっていた
山で会ったよ
見惚《みと》れるキツネ
楽しんだよ

イルカと海で……
ボクの記憶
思い出だけだよ
みんな消えちゃう
ボクの側から
どうしてかな……
ボクは好きなのに……
せつない思い出がある

仲間《みかた》

人間《ひと》はだれかをね
尊敬しているの
愛しているの
でも　素直になれないの
どこかで　ムリをして
どこかで　意地をはり
つよがっているの
人間《ひと》は弱い生き物だから
だから心の中は

どこかで　辛くて
どこかで　泣いている
本当は悲しいの
とてもさみしがりや
このこと　わかってくれるなら
すこしだけ素直になって
いつでも　どこかで
あなたを見守る人間《ひと》が
きっと　いるからね！

無人駅　～レールは無数にある～

旅に出て　汽車に乗り
だれも居ない駅で……
ひとり足元に咲く
ちいさなタンポポに見とれる
ひまわりよりも
清々しく　健やかで……
この町を知り　行く頃には
タンポポが綿帽子になり
種を涼風《かぜ》に乗せて

はるか　はるか遠くへと……
私もまた　汽車に乗り
どこかの　どこかで
なにかを見つけて
なにかを感じる
そこにある
優しさと巡り会うために
ゆられながら生きてみる

あこがれの恋人《ひと》

手に握りしめて
走り続けた
どこまでも走る
公園の中で手紙を
何度も読み返す
息の切れた中
やさしく風は吹き
外灯が包み込む
最後の二行の言葉

『元気でね！』
笑ってこらえる
『……』
頭から離れない
ここでよく……
待ち合わせしてた
くしゃくしゃの手紙
今も僕の中に……

刹那　～切なる願い～

腕時計を見て
時間を気にしないで
限られたものだから
短くもない
長くもない
少しでも　ずっと
そばにいたい
あなたの
瞳《め》に映っていたい

わたしの
いまの姿《きもち》を
受け止めてほしい
この場所《まち》から……
遠く離れてしまう
あなたと会う
幻の時空を
永遠に感じさせて……

Capriccio《カプリチオ》

砂時計
あなたを見ている時も
わたしを見ている時も
同じ考えなのはなぜ？
つい先程《さっき》まで
いっしょにいたから……
砂時計
上（顔）を見ている時も
下（脚）を見ている時も

同じ気持ちなのはなぜ？
つい先程《さっき》まで
いっしょにいたみたい……
砂時計
落ちる星屑《すな》を見てる時も
積もる星屑《すな》を見てる時も
同じ思いなのはなぜ？
もう……君はいない

pathos《パトス》

もう　戻れないと
わかっていても……
過去《むかし》のことを
思い出すのは
ボクだけだろうか……
記憶《こころ》に残る
強い印象《おもい》が……
未来《いま》も　おもむき
現在《いま》と　ちがう

時を刻んで……
ともに進み行く
戻れなくても
その昔《とき》のことを
脳裏《こころ》によみがえらせれば
ボクのチカラとなり
ボクのユウキとなる
戻れない大切な日常《たから》

雪達磨　～あなたの名前は……～

待っているバス停で
空を見上げながら
雪が舞い降りてくる
月光でほのかに輝き
手に載せた　ひとつ　ひとつは
静かに溶けてゆく
見るたびにあの時を思い出す
孤独《ひとり》の私とひとりぼっちのあなた
あの頃……あの夜に……

ユキダルマのバス停で
いちどきりの……
私の愛《おもい》はとても重《あつ》く
あなたは溶けてゆき
もう　会えない……
私を見つけてくれた
あなたをずっと　忘れない
私の白い恋人

そのままの手紙《ラブ・レター》　～返事が書けなくて……～

あなたからの手紙
たった　ひとつの
最初で最後の便箋
たくさん書かれた　文字
とても　楽しかった
だって文章になってないから
なにを考えていたの？
どんな思いで書いたの？
自分の名前も……

間違えて　書いていたよ
とても　おもしろかった
世界でたった　ひとつだけ
修正ペンでぬり潰された
たくさんの　箇所
なにを書き込めたの？
そんなにも……
私の名前も　そのままで……

愛　～遅れて芽生える～

どうしてだろう
ごめんねの言葉
キミとの始まりは
いつもそうだね……
遅れて　ごめんね
メールの返事も　ごめんねから
出会った時から
ごめんねだったよね……
最後の言葉《わかれ》も

ごめんね　だけで……
キミはいつものように
気にしないで
口癖のように言った
涙をこらえながら……
その言葉が今でも
ボクのこころに
ずっと　ずっと消えないでいる

太陽と月に背いて

悲しさに　溶け込んで
己《おのれ》の誰よりも　また
主《ぬし》の幻を愛して
傷つき　傷つきあい
古《いにしえ》より続く永遠に
心は月に奪われ
心は太陽に守られる
人間《ひと》は生きながら
ヒトに近づき

ヒトから離れる
孤独を知りながら……
喜びに　溶け込んで
己《おのれ》の誰よりも　また
主《ぬし》の現れを願う
日々は　日々に変わりゆき
掟《おきて》をそのままに
人間は生きている

おちついて　～心は暴れん坊～

サヨナラは　別れを
意味するだけ
あなたは　なにを
サヨナラするの
かなしい事　つらい事
ひとつ　ひとつに
サヨナラと言える
サヨナラは　出会いを
まねくだけ

あなたは　これに
サヨナラしてる
うれしい事　たのしい事
ひとつ　ひとつに
サヨナラと言う
いつも　そばにある
サヨウナラに
バイ　バイ

Aventure《アバンチュール》 and《な》 Catastrophe《カタストロフィー》

ごめん……
ごめんね
ただ……ゴメン
遊ぶ　つもりは
ないよ……
きらいじゃ
ないよ……
すきなの
すきだけど……

ごめん……
ごめんね
ただ……ゴメン
ひとつ……
ひとつだけ
言える　ことは
私のこころは
pandora《パンドラ》の箱《こころ》

自然の気持ち

サヨナラを言えるの？
夜空の星を見上げたまま
雲に隠れる月はとても悲しく
わずかな輝きが息苦しい
瞬く星座が縛りつけ
自分の方位さえ見失う
そのままでサヨナラが言えるなら
きっと太陽は照らさない
砂漠に咲くサボテンに

熱い日差しで温もりを……
そんなサボテンにも花は開き
大空へ向かって微笑み
ひとつ　ひとつが
元気で楽しく嬉しい
サヨナラを言うよ！
なにもわからないままで……
サヨナラは人間《ひと》を少し強くする

贈り物　～自然の中で～

祈りを込めれば
だれにでも
手に入れられる
ちいさなものから
おおきなものまで
祈りを込めれば
だれにだって
手に入れられる
わずかなものから

おおくのものまで
祈りを込めたなら
自分が
手に入れられる
嫌いなものから
好きなものまで
祈りの中へ
すべての愛を入れる

ありがとう　～わずかな日々を～

笑っていてね
ずっと　ずっと
私が見えなくなるまで
しずかに笑っていてね
私は振り返らないから
好きで　大好きで
あなたを見ないままで
私はゆっくり歩くから
微笑むでいてね

きっと　きっと
私がどこへ行っても
たたずみ微笑むでいてね
私は涙を流し
ふたたび　またふたたび
あなたの思いから
私は時を流す
いつまでも　いつまでも

未来へ

子供の頃に
開いた絵本
いまは……もう……
閉ざされたまま……
物語の世界は
本当にあったのに
いまは……もう……
閉ざされたまま……
大人になって

閉じた絵本
これからは……もう……
開かれたまま……
幻の世界は
本当にあったから
これからは……もう……
開かれたまま……
新しい絵本を届けたい

著者プロフィール

中西 吾郎（なかにし ごろう）

昭和54年3月13日、大阪府大阪市生まれ。
大阪市立汎愛《はんあい》高等学校（体育科３期生）卒業。
〔専攻種目・卓球〕

私の生き方～きままに生きること。
大切にしていること～愛、優しさ、気持ち。
心の言葉～継続は力なり。

もこもこ雲

2004年5月15日　初版第１刷発行

著　者　中西 吾郎
発行者　瓜谷 綱延
発行所　株式会社文芸社
〒160-0022　東京都新宿区新宿1－10－1
電話　03-5369-3060（編集）
03-5369-2299（販売）

印刷所　株式会社平河工業社

ISBN4-8355-7351-X C0092